Auf den Punkt

AF210876

Über dieses Buch

Der Band versammelt Kurzgeschichten von abgründigem Humor, ernste und halbernste Lyrik, Spottgedichte und freche Limericks aus elf Jahren.

Der größte Teil davon entstand „à la minute" und exklusiv für Literatur- und Lyrikwettbewerbe und für das alljährlich stattfindende Wochenende der Literatur des „Autorenkreises Plesse".

Über die Autorin

Karin Hartewig, Dr. phil. (Jg. 1959), ist freiberufliche Historikerin und Autorin von Sachbüchern, Essays, Belletristik und Lyrik. Sie lebt in der Nähe von Göttingen.

Karin Hartewig

Auf den Punkt

Geschichten und Gedichte

Bibliografische Informationen der Deutschen Nationalbibliothek:
Die Deutsche Nationalbibliothek verzeichnet diese Publikation in
der Deutschen Nationalbibliografie; detaillierte Bibliografische
Daten sind im Internet über http://dnb.dnb.de abrufbar.

© 2024 Karin Hartewig

Herstellung und Verlag: BoD – Books on Demand, Norderstedt

ISBN 978-3-7583-2627-1

www.bod.de

Die Roulette-Reise

Die SMS vom Chef kam am Freitagabend. Er schickte die ganze Abteilung für eine Woche in Zwangsurlaub. Auftragsflaute. Wie ich die andren kenne, war das Wochenende jetzt garantiert gelaufen und die Stimmung unter null. Aber trübsinnig rumsitzen gibt's bei mir nicht. Im Januar ist das Netz vollgepackt mit Wahnsinnsangeboten. Der ganze Trubel zwischen Weihnachten und Neujahr hat schlagartig ein Ende. Ohne Übergang wird der Schalter auf ‚Nebensaison' umgelegt. Verschlafen ist die schon lange nicht mehr. Jetzt verreisen Singles und Paare ohne Kinder, eben alle, die sich nicht nach den Schulferien richten müssen. Geizige Sparbrötchen und Schnäppchenjäger steigen auch in den Flieger.

Ich klicke mich durch das Angebot: Fünf Tage Strandurlaub, Vier-Sterne, All Inklusive, alkoholische Getränke gehen aber extra, für lächerliche dreihundert Euro. Der Flug ist auch schon dabei. Eine Woche Faultierfarm, astrein. Da kann man nicht meckern! Wo es hingeht, erfahre ich erst am Flughafen. Das ist der Joker an diesem Deal. Gebucht.

Mir ist alles recht. Obwohl ich schon echte Überraschungen erlebt habe: Im Mai, als mir nach Party und 24-Stunden-Animation war, landete ich in einem abgelegenen Hotel im Landesinneren. So viel gewandert wie in diesen

Tagen auf Mallorca bin ich in meinem ganzen Leben nicht. Ich schätze, dafür ist garantiert irgendein Individualist nach El Arenal geschickt worden. Der hat dort alles andere als die Abgeschiedenheit der Berge gefunden. Aber die Kolleginnen meinten, dass ich nach dem Urlaub selten so erholt aussah.

Das Taxi zum Flughafen fährt in den Morgen hinein. Ich weiß gar nicht mehr, wann ich zuletzt einen Sonnenaufgang erlebt habe. So früh geht das Einchecken flott. Auf der Anzeige über dem Boarding-Schalter lese ich „Islands" und denke, dass die Anzeige nicht stimmt oder ich viel zu dünne Klamotten eingepackt habe. An den langen Gesichtern der Anderen sehe ich, dass viele dasselbe denken. Doch die Stewardess hat routiniert ihr umwerfendes Lächeln angeknipst, das keine Fragen zulässt. Island also! Den Flug verdöse ich. Schon nach weniger als einer Stunde landen wir. Es gibt keine Zollkontrolle und niemand will meinen Pass sehen. Jetzt bin ich mir sicher, dass ich im falschen Flugzeug saß, denn ich bin in Berlin Schönefeld gelandet. Aber ich habe keine Lust mich mit dem Bodenpersonal herumzuärgern und womöglich zurückzufliegen.

Draußen in der fahl trüben Winterlandschaft wartet schon ein Bus mit wilder Urwaldbemalung. Die Sitze sind mit schwerem Velours bezogen: Palmen und Tropenvögel. Wir nehmen in der grünen Hölle Platz. Kaum haben wir uns in Bewegung gesetzt, säuselt eine Stimme vom Band: >Willkommen an Board! In Kürze erreichen Sie Ihr Ferienresort

„Tropical Islands".> Bingo, ich begreife, dass es zum Deal gehört, den Ferienort erst am Zielflughafen bekannt zu geben.

Wir fahren auf einer schnurgeraden Landstraße durch eine flache, weit und breit unbewohnte Gegend. Ist das jetzt die Heide oder die Börde, frage ich mich träge – unbeleckt von tieferen geografischen Kenntnissen nördlich des Mains –, als in der Ferne ein Kuppelbau in der Morgensonne glitzert. Das Gebäude muss riesig sein. Vielleicht ein überdachtes Sportstadion? Es hat bestimmt die Größe mehrerer Fußballfelder, denke ich. Ein futuristischer Bau im märkischen Sand, als habe es irgendwelchen Außerirdischen gefallen, mit ihrem Ufo in Diamantschliff irgendwo in der deutschen Wüste zu landen. Aber nein, das wird das Reiseziel sein. Inzwischen läuft auf dem Monitor vor mir ein Film, der mich einstimmen soll auf „Tropical Islands", die überdachte, windstille Südseeinsel, die kein schlechtes Wetter kennt, wo es das ganze Jahr über genau 28 Grad hat und die Wassertemperatur bei 31 Grad liegt. Draußen kann sich ein schwer fallender Schneeregen nicht entschließen, in den Bindfäden-Modus zu wechseln oder sich in tanzende Schneeflocken zu verwandeln. Er bildet kleine Rinnsale auf der Fensterscheibe. Als ich aus dem Bus steige, habe ich das Gefühl, die Ferienanlage schon zu kennen. Wenn mir nicht so gut gefallen hätte, was mir eben gezeigt wurde, könnte ich jetzt gleich im Bus sitzen bleiben und mit den abreisenden Touristen, die schon an der Haltestelle warten, zurückfliegen und wäre trotzdem da gewesen.

Heute ist mein Glückstag, denn ich bekomme ein kostenloses Upgrade auf mein Hotelzimmer und darf in einen der begehrten Bungalows am Strand einziehen. Die nächsten Tage werde ich in einer Hütte auf Bali leben, links neben mir wohnt unüberhörbar ein Pärchen aus Schwaben, rechts eine Alleinerziehende mit Kleinkind aus Sachsen – eine dialekttechnische Herausforderung. An die Kolleginnen aus meiner Abteilung schreibe ich gleich eine SMS: „Liebe Zurückgebliebenen. Ihr glaubt nicht wo ich bin: auf „Tropical Islands". Last Minute, dem Chef sei Dank! Hier ist alles supi!" Dazu ein Smiley mit Sonnenbrille, mein Lieblings-Emoji. Zum Beweis schicke ich ein Selfie mit – ich vor meiner Bali-Hütte, im Hintergrund natürlich reichlich Palmen. Berlin Schönefeld erwähne ich nicht. Die können selber rausfinden, wo die Insel liegt, wenn es sie interessiert.

Die Lagune ist ein Traum. Lange Holzstege laufen sternförmig auf den Pool zu und unterteilen den Strand in Abschnitte. Jedes Segment sieht anders aus. Ich entscheide mich für heute, Bali nicht zu verlassen. Obwohl viele Polsterliegen um diese Zeit schon mit Handtüchern belegt sind, ist es nicht allzu schwer, einen freien Deckchair zu finden. Das Teakholz ist ohne Auflagen zwar eher etwas für Asketen, aber immerhin. Gut gelaunt bohre ich die großen Zehen in den warmen Sand, der wie neu aussieht, bis er weiter unten kälter wird. Ich frage mich, was wohl unter dem Sand kommt. Beton? Kaum. Das Chlor aus dem Pool und die subtropische Wärme würden dem Beton ziemlich zusetzen und ihn vor der Zeit zerbröseln. Betonkrebs, dagegen könnte man wenig ausrichten. Eine dicke Plane aus hellem Plastik, denke ich, damit der Sand nicht im Boden versickert und sich ganz tief unten mit dem märkischen Sand vermischt. Der neue Sand über meinen Zehen bewegt sich, als ob zwei Krebse sich tiefer durch alle Schichten eingraben wollten. Er ist so weich und so fein, wie es echter Sand kaum sein kann. Hinten im Selbstbedienungsrestaurant sind die Stühle mit den roten Sitzkissen wie Blütenblätter um die runden Holztische angeordnet. Ein zweites Frühstück wäre jetzt nicht schlecht. Ein Omelett und ein doppelter Espresso. Aber ein Blick auf die Warteschlange am Buffet wirkt ernüchternd. Obwohl ich ziemlich hungrig bin, beschließe ich, den ersten Ansturm abzuwarten und eine Runde zu schwimmen.

Sanft kräuselt sich das Wasser am flachen Ufer, wo ein paar Kleinkinder nassschweren Sand in bunte Plastikeimer schaufeln, auskippen und selbstvergessen wieder einfüllen. Es ist wirklich sehr warm. Hinter dem Bereich des Planschbeckens wo es allmählich tiefer wird, ist das Wasser kühler. Ich tauche kurz unter, streife mir die Haare aus dem Gesicht und schwimme unentschlossen ein paar Züge. Dann lege ich mich im Hohlkreuz auf den Rücken, breite die Arme aus und schaue in die Kuppel: industrielle Skelettbauweise. Keine Spur von Illusionstheater, sobald man den Kopf hebt und über die Palmen und die ganze Südsee-Architektur blickt. Ich habe das Rauschen des Meeres im Ohr. Ab und zu landen die Geräusche vom Ufer bei mir an.

Ich treibe auf die Mitte des Pools zu und fange langsam an mich zu drehen. Hier scheint es eine leichte Strömung zu geben, die man vom Ufer aus gar nicht bemerkt, wundere ich mich. Ich befinde mich jetzt genau in der Mitte des Pools unter dem Scheitelpunkt der Kuppel, wo alle Streben zusammenlaufen. Im Auge des Taifuns, denke ich.

>Toter Mann, toter Mann<, kreischt ein Fünfjähriger und zeigt vom Ufer aufgeregt in meine Richtung. Dankbar nehmen die Erwachsenen auf den Liegestühlen in der ersten Reihe die Abwechslung an und richten sich auf, um besser gaffen zu können. Vielleicht werden sie gerade Zaungäste eines Badeunfalls. So vergeht die Zeit bis zum Mittagessen wie im Fluge. Die Schnellsten haben sich ihr Smartphone gegriffen und machen ein Foto. Als ich merke, dass die Aufmerksamkeit mir gilt, hebe ich beschwichtigend die Hand und winke verlegen ans Ufer. Dann hole ich demonstrativ tief Luft und lasse mich zusammenklappen. An dieser Stelle ist der Pool überraschend tief. Ich sinke schnell. Der Grund zieht mich an. Ich spüre einen angenehmen Sog. Elegant vollführe ich eine Hundertachtziggrad-Drehung, öffne die Figur des „Klappmessers" und tauche nun mit dem Kopf voran. Der Boden ist farbenfroh gekachelt. Er zeigt eine Unterwasserwelt mit leuchtenden Fischen, Korallen und exotischer Meeresvegetation. Von der tiefsten Stelle aus steigen ab und zu Luftbläschen auf. Sie scheinen aus dem Bauch eines nachtblauen Fisches mit einem silbrig glänzenden Gittermuster zu kommen. Der Fisch ist viel größer als alle anderen Exemplare dieser Un-

terwasserwelt. Aus der Nähe kann ich das dunkle Loch erkennen, das mit einem groben Rost gesichert ist. Bingo, die Architekten haben sich viel Mühe gegeben, die riesige Umwälzanlage, den Herzmuskel des Pools, zu kaschieren, das muss man schon sagen. Allmählich geht mir die Luft aus. Und ich merke, dass ich vorher besser doch etwas gegessen hätte, denn ich muss ziemlich strampeln, um den Sog der Ansaugpumpe zu überwinden. Mit einem Anflug von Panik tauche ich auf und schwimme an Land. Sobald ich festen Boden unter den Füßen habe, kämpfe ich mich durchs Wasser und werfe mich ans Ufer.

Die Pommes Frites schmecken versalzen. Beim Kauen knirscht es. Der Sand ist überall, auch an meinen Fingern. Ich spüle die Mischung mit einer Diät-Cola hinunter. Die Stühle im Südsee-Imbiss sind doch nicht so bequem wie sie von weitem aussahen. Deshalb will ich schnell wieder auf meine Bali-Liege. Ich stapfe durch den feinen, weichen, warmen, neuen Sand und freue mich auf ein Schläfchen. Ausgestreckt trifft mich der gleißende Strahl wie ein Scheinwerfer. „Licht aus, Spot an!", erinnere ich mich an die Siebziger. Genau da, wo ich liege, wirft die Sonne, die jetzt hoch steht, einen Streifen durch den winzigen Ring im Scheitelpunkt der Kuppel. Wie es aussieht, hat es draußen jetzt schönes Wetter. Dazu weht ein laues Lüftchen. Mir fällt der Werbefilm aus dem Bus ein, und ich wundere mich, denn die zarte Brise wächst sich schnell zu einem Wind aus. Die ersten Kleinkinder fangen an zu weinen, weil ihnen Sand in die Augen weht. Ein Schwimmtier tanzt einsam auf dem Wasser. Die Palmen neigen sich gefährlich im Wind. Handtücher, auf denen noch immer niemand liegt, werden von den Liegen geweht.

Zwei Angestellte von „Tropical Islands" sehen sich vielsagend an und suchen dann mit den Augen konzentriert die Kuppel ab, als ob sich dort eine Erklärung für alles finden ließe. Aber vielleicht fragen sie sich auch, ob die Konstruktion einem Sturm standhalten kann. So plötzlich, wie der Spuk begonnen hat, ist er verflogen: Die Sonne ist weitergezogen. In der Südsee breitet sich wieder ein gleichmäßig diffuses Licht aus. Und über allen Palmenwipfeln herrscht absolute Windstille. Aber ich nehme mir vor, die Dinge im Auge zu behalten. Die nächsten Tage verlaufen ereignislos, es ist die reine Erholung. Ja gut, vielleicht ein bisschen langweilig.

Epilog
Eine Roulette-Reise hält, was sie verspricht: alles oder nichts. Manche Reisen waren der Knaller, andere hätte ich mir sparen können. Man weiß nie, was man bekommt. Aber das ist es ja gerade. Deshalb mag ich Glücksreisen. Man zieht das große Los und spart jede Menge Geld dabei. Oder es wird ein Reinfall, der aber nicht allzu sehr zu Buche schlägt. Die Wahrscheinlichkeit, dass dich die Kugel trifft, wenn Fortuna gerade mal nicht so genau hinsieht, ist gleich null, oder doch viel kleiner als beim Russischen Roulette. Und wenn doch, dann ist das halt Künstlerpech, höhere Gewalt eben.

Praktische Vernunft

Da war noch eine Frage, die sie augenblicklich
auf den Boden der Tatsachen beförderte:
die Frage nach der praktischen Vernunft.

Freunde schafften es nicht,
aus ihrer Ehe auszusteigen,
sie schafften es nicht,
ihre Affären fortzusetzen.
Sie schafften es nicht einmal, eine Affäre anzufangen –
immer aus demselben Grund.
Vergiss es, nichts zu machen, es ist einfach
zu kompliziert, kapitulierten sie kläglich.
Die Entfernung zu groß, die Fahrpläne ungünstig, der
Rhythmus der Arbeit zu unterschiedlich,
ganz zu schweigen vom unteilbaren Besitz:
dem Haus, der Hypothek, den Kindern, dem Haustier,
der Schallplattensammlung und den Büchern.
Ich schaffte es einfach nicht,
unsere Bibliothek zu zerschlagen, erklärte mir
eine nichtaussteigende Freundin.

Mit ihrem Mann hatte sie
ihre Bücher zusammengelegt,
die Doppelexemplare ins Antiquariat getragen.
Wie sollte man die Bücher jemals wieder

auseinanderklauben? Also blieb sie, wo sie war.

Bald hatte sich die Versuchung, wegzulaufen erledigt.

Die Bibliothek atmete erleichtert auf.

Die laufenden Kosten

Würden sie dieses Doppelleben durchhalten können? An Talent und an guten Ausreden fehlte es nicht und auch nicht an betrügerischer Energie und an Leidenschaft. Doch sie wussten aus Erfahrung: Am Ende waren es immer die laufenden Kosten, die einem den Hals brachen – und die Spuren, die sie auf den Kontoauszügen hinterließen. Auch diesmal würde es letztlich so sein.

Strandgut

Die beiden Läufer waren früh unterwegs. Ab acht Uhr würde es mit der Ruhe vorbei sein. Dann kamen die ersten Touristen. Den Koffer hatten sie sofort gesehen. Er tanzte wie ein großes Stück Holz in der Brandung.

Als die Männer das Gepäckstück geborgen hatten, entdeckten sie die Leiche einer zarten Frau. Sie war schon ziemlich verwest. Einige Tage musste dieser Hartschalenkoffer bereits im Meer getrieben haben.

Dem Körperbau nach zu urteilen stammte die Frau vermutlich aus Asien. Zierlich und klein war sie. Ihr Gewicht schätzte der Pathologe auf höchstens vierzig Kilo. Die Obduktion ergab, dass die Frau an Erschöpfung und extremer Unterernährung gestorben sein muss. Erst danach war sie in dem Koffer verstaut worden. Gewalteinwirkung konnte keine festgestellt werden.

Der Besatzung des Kreuzfahrtschiffs war sie schnell aufgefallen, weil sie sich kaum etwas vom Buffet nahm, während die meisten Gäste die Speisen auf ihre Teller schaufelten und sich sogar mehrmals einen Nachschlag genehmigten — auch ihre Begleitung, vermutlich der Ehemann langte bei jeder Mahlzeit kräftig zu. Eines Tages bekam man sie gar nicht mehr zu Gesicht. Angeblich schlief sie viel. Dann hieß es, sie habe die Reise abgebrochen und sei in Griechenland von Bord gegangen. Gesehen hatte sie aber niemand.

Deshalb meldete der Kapitän die Thailänderin über Funk als vermisst, noch bevor das Schiff im Hafen anlegte. Der Mann, doppelt so alt und doppelt so schwer wie sie, wurde sofort festgenommen. Die italienische Polizei hielt es für möglich, dass der 46Jährige seine Frau getötet und über Bord geworfen haben könnte. Der Mann bestritt alles. Über das Verschwinden seiner Frau schwieg er sich aus. Wortkarg war er aber nicht:

„Es war Liebe auf den ersten Blick! Als erstes habe ich ihr Foto gesehen im Internet, auf den Seiten einer Agentur. Ich bin dann extra hingefahren nach Thailand, um sie vorher kennenzulernen. Ich wollte sicher sein, dass es gut geht."

In Thailand war er vorher schon gewesen. Er kam ins Schwärmen.

„Tolles Land, tolle Strände, tolle Küche und erst die Menschen! Alle s o w a s von freundlich. Service wird da eben noch ganz groß geschrieben. Und kosten tut's fast nix. Andererseits, von dem Geld, das unsereins dort ausgibt, lebt eine ganze Familie."
Der beste Urlaub seines Lebens sei das gewesen, drei Wochen am Strand. Und von den Hütten wehte ständig ein Singsang herüber: „Massage, Massage!" Er grinste.

Die Frau sah dann wirklich so aus wie das Foto aus dem Katalog. Sie gefiel ihm. Das mit der Verständigung würde sich schon ergeben. Mit der Agentur wurde er handelseinig. Kurze Zeit später konnte er sie am Flughafen in Empfang nehmen. Sie sagte „Hi" und lächelte. Aber auf der Fahrt durch die Hauptstadt hinaus ins Umland starrte sie ernst aus dem Fenster. Anfangs wurde in der Nachbarschaft getratscht, doch das legte sich. Bald akzeptierte man die Fremde, die nicht anders konnte als lächeln.

Zuletzt glaubte der Mann aber, dass seine Frau sich doch sehr fremd fühlte. Denn sie wurde immer trauriger und immer dünner und dann auch noch aggressiv, wenn er ihr zu nahe kam. Er hoffte, die Mittelmehrkreuzfahrt würde ihre Stimmung aufzuhellen.

Ob sie an Selbstmord gedacht haben könnte? War ihm nicht aufgefallen, vielleicht hatte er da etwas übersehen. Aber dass sie sich in einen Koffer gehockt und der dann Beine bekommen hätte, ist ja wohl ziemlich unwahrscheinlich, oder? Also konnte sie nur heimlich von Bord gegangen sein, richtig? Wer weiß, wo die jetzt steckte.

Es stimmte schon, er hatte auf dem Schiff einmal richtig Streit mit ihr gehabt. Sie hatte sich daraufhin wohl irgendwo versteckt, um ihm aus dem Weg zu gehen. Er dachte, die kommt schon wieder. Deshalb hatte er die Ausreden erfunden.

Das Blödeste war, dass nun alles u m s o n s t gewesen war: die hohe Vermittlungsgebühr, der Flug von Thailand nach Berlin, die neue Einbauküche, die Auslagen für die Hochzeit und jetzt auch noch die Kreuzfahrt. Zu allem Überfluss saß er nun in einem fremden Land fest, und man beschuldigte ihn, seine Frau ermordet zu haben. Dabei hatte er so einen schwarzen Koffer nie besessen. Seine Koffer sahen anders aus.

Wenig später mussten die Behörden den Mann freilassen. Die Tote im Koffer war nicht die Vermisste. Sie sah ihr vermutlich nicht einmal ähnlich. Der Fall wurde nie aufge-klärt.

Designerkind

„Ein Kind, das nicht hören kann, wäre ein Segen", sagte die Frau leise. Der Mann nickte. Der Arzt sah die Frau an, deren Bauch sich dem Ultraschall-Gerät entgegenwölbte. Er blickte zum Mann hinüber, der zärtlich ihre Hand hielt. Und er verzog keine Miene. Die Frau verschwand hinter dem Wandschirm. Während sie sich ankleidete, sprach sie in das Zimmer hinein: „Wir haben uns dieses Kind beide sehr gewünscht."

Fünf Monate später wurde das Kind geboren. Beim Hörtest zeigte das kleine Wesen keine Reaktion. Eine größere Freude hätte das Kind seinen Eltern nicht bereiten können. „Wenn das Kind blind wäre, würden wir sie um Hilfe gebeten haben", sagte der glückliche Vater.

Das Kind sollte taub sein. Der Mann und die Frau hatten sich gesucht und über eine Agentur im Internet gefunden. Bis in die fünfte Generation war die Familie des Mannes taub. Die Frau stand ihm da nur wenig nach. Zwei Dynastien von Gehörlosen hatten sich vereinigt! Stolz waren sie auf ihre Taubheit. Nicht hören können, war für sie keine Behinderung. Selbstbewusst sprachen sie von sich und Ihresgleichen. An der Welt der Missklänge und Geräusche wollten sie nicht teilhaben. Die Stille machte sie glücklich. Das war ihr Vermächtnis. Auch glaubten sie, sie könnten ihrem Kind bessere Eltern sein, wenn es diese Leben mit Ihnen teilte. Insgeheim aber wollten sie wie alle Eltern, dass ihr Nachwuchs ihnen besonders ähnlich sei. Unwiederbringlich sollte das Kind auf ihre Welt festgelegt sein. Sie wussten, jede Erziehung könnte eines Tages abgestreift werden, aber dieses Erbe nicht.

An seinem achtzehnten Geburtstag zog das Kind vor Gericht. Es verklagte die Eltern und forderte Schmerzensgeld für sein Leben.

Früher

Mit angewinkelten Beinen lag Ella auf dem alten Sofa, das einmal dunkelbraun gewesen war. Schon lange war der Cordsamt ausgebleicht und hatte einen Stich ins Grünliche bekommen. Es war einer dieser Nachmittage, die nicht enden wollten. Sie war allein. Der Fernseher lief mit Lautstärke 28. Zum Glück hatten sich die Nachbarn noch nicht beschwert. Vielleicht war um diese Zeit keiner zu Hause. Ella hatte es sich bequem gemacht. Sie trug Pullover und Jogginghose. Auf der Seite liegend sah sie schläfrig denen zu, die ihre Probleme in aller Öffentlichkeit ausbreiteten. Echte Menschen, die man früher nie im Fernsehen gesehen hatte, bevölkerten um diese Tageszeit ihr Wohnzimmer.

Die besten Geschichten schreibe immer noch das Leben selbst, sagte die Moderatorin mit gebleckten Zähnen in die Kamera. Man müsse über alles sprechen, sagte ihr Partner mit melancholischem Dackelblick. Fürchterliche Geschichten seien das von Leuten aus der Unterschicht, die auf diese Weise endlich von der Straße gekommen seien und für einen Tag ein Studiodach über dem Kopf hätten, sagte Cornelia verächtlich, wenn Ella am Telefon erzählte, was sie gerade so treibe. Sendematerial, deren Armut man an den schlechten Zähnen, den Frisuren und den Synthetik-Pullovern sehen könne, deren Sprachlosigkeit man ahne, bevor sie einen Ton von sich gegeben hätten.

Aber Ella war süchtig nach diesen Talk-Shows. Paare, Nebenbuhlerinnen und Rivalen, Töchter und Mütter,

Mütter und Söhne, Geschwister stritten miteinander und versöhnten sich wieder. Es wurde laut, Tränen flossen. Alle wirkten so lebendig. Obwohl sie nicht immer verstand, worum es bei diesen Dramen wirklich ging.

Zwischendurch kamen die Quizsendungen. Manchmal wusste Ella die Antworten schneller als die Kandidaten. Dann stellte sie sich vor, wie es wäre, soviel Geld zu gewinnen, und was sie damit anfangen würde. Ein neues Sofa kaufen vielleicht, ganz sicher aber eine Reise an die Nordsee machen.

Dass an diesem Nachmittag, wie an anderen Nachmittagen, in ihrem Wohnzimmer laut geredet wurde, beruhigte Ella. Sie fiel in einen tiefen Schlaf. Erst als der Sekundenzeiger kurz vor Beginn der Fünfuhr-Nachrichten auf dem riesigen Bildschirm geräuschvoll vorrückte, wachte sie auf. Es dämmerte bereits. Sie versuchte sich aufzurichten, doch sie sank wieder zurück in die Kissen. Einen Moment lang blieb sie so. Es war gar nicht mal so lange her, da war ihr das Aufstehen noch ganz leicht gefallen.

Nun fiel ihr wieder ein, dass sie sich auf die Seite rollen und die Unterschenkel über die Sofakante fallen lassen musste. Endlich saß sie aufrecht. Sie tastete nach ihren Holzpantinen mit den dünnen Lederriemen, die schon an mehreren Stellen eingerissen waren. Dabei stellte sie sich das strenge Gesicht ihrer Tochter vor und hörte sie sagen, sie werde sich noch einmal tot schlagen in diesen Schlappen, die keinen Halt böten, und wann sie endlich gedenke, sich neue Hausschuhe zu kaufen. Aber Cornelia konnte nicht wissen, dass Ella so gut wie nie mehr in die Stadt kam. Zur Bushaltestelle war es für sie inzwischen viel zu weit.

Unvermittelt drückte sie sich mit beiden Armen aus dem durchgesessenen Polster heraus. Ihre steifen Knie zitterten. Im letzten Augenblick, bevor der Oberkörper wieder auf das Sofa sinken konnte, schob sie entschlossen das Becken nach vorn und kam in dem schmalen Zwischenraum vor dem niedrigen Couchtisch zum Stehen. Bis zum Tischende balancierte sie mit kleinen schlurfenden Seitwärtsschritten und leicht vom Körper gestreckten Armen. Von da waren es nur noch ein paar Schritte bis zur Tür.

Im Halbdunkel des Korridors stolperte sie über einen Schuh. Aus Angst zu stürzen, griff sie in die Mäntel an der Garderobe. Sie tastete nach dem Lichtschalter. Doch jetzt hatte sich eine Schlinge um ihren Fuß gelegt. Das Telefon fiel mit einem Scheppern zu Boden. Ella stöhnte. Als sie sich bückte, fluchte sie über die Rückenschmerzen und dachte an den Rat ihres Arztes, Bewegungen dieser Art möglichst zu vermeiden. Sie stellte den Apparat zurück und hielt den Hörer ans Ohr. Die Leitung war tot. Immer wieder legte sie den Hörer auf die Gabel und nahm wieder ab. Doch das Telefon blieb stumm. Noch jedes Mal, wenn sie über das Kabel gestolpert und das Telefon zu Boden gefallen war, hatte es irgendwann wieder funktioniert. Cornelia wollte schon lange ein Schnurloses anschaffen. Dann sei das Problem endlich gelöst, hatte sie ungeduldig bei ihrem letzten Besuch gesagt. Der war schon Monate her. Aber Ella wollte kein anderes. Sie war an dieses gewöhnt.

Sie fröstelte und beschloss, ein heißes Bad zu nehmen. Unsicher bog sie nach links. Vom Teppichboden des Flurs schlurfte sie über die Türschwelle auf die Fliesen des Badezimmers. Ella hatte schon lang nicht mehr gebadet. Den schwarzen Stöpsel in den Ausguss zu drücken, fiel ihr schwer. Sie ließ das Wasser in einem breiten Strahl, der kleine herabstürzende Wirbel bildete, aus dem verkalkten Hahn rauschen und träufelte etwas von dem aprikosenfarbenen Schaumbad, das sie zu irgendeinem Geburtstag geschenkt bekommen hatte, in das Badewasser. Tresor! Sie schaltete das Radio auf dem Fensterbrett ein, legte Pullover, Jogginghose und Unterwäsche auf der Waschmaschine ab und stieg vorsichtig in die Wanne. Sie fasste den Haltegriff und den Wannenrand und ging langsam in die Knie. Sobald ihr Köper in den duftenden Schaum eintauchte, beugte sie sich nach vorne und ließ sich ins Wasser gleiten. Langsam streckte sie ihre Beine aus und bog den Oberkörper zurück. So leicht fühlte sie sich im Wasser, dass sie sich traute, den Griff loszulassen. Dann drückte sie ihre Füße gegen die Wanne und hob fast übermütig abwechselnd ein Bein in die Höhe. Die Wärme umfing ihren Körper, das Radio spielte Glenn Miller, und der Moderator ölte ihr mit seiner Samtstimme die Ohren ein. Ella schlief ein.

Inzwischen tönte aus dem Radio das Wunschkonzert für die reifere Jugend. Bekannte und beliebte Melodien, unterbrochen von guten Wünschen für einen beschaulichen Lebensabend jenseits der 70, Glück im Kreise der Lieben, langes Leben, Zufriedenheit, Gesundheit! Aber manchmal ahnte man, dass die Jubilare im Altersheim und die Gratulanten weit entfernt in einer anderen Stadt lebten. Das Badewasser war inzwischen nur noch lauwarm. Und Operettenmusik hatte Ella noch nie leiden können.

Nun aber heraus aus der Wanne! Ella winkelte die Knie an, fasste Griff und Wannenrand und versuchte, sich aufzurichten. Doch ihre Füße gehorchten ihr nicht. Sie fanden keinen Halt auf dem glatten Boden und rutschten weg. Auch ein zweiter und dritter Versuch misslang. Ella konzentrierte sich. Ganz eng drückte sie die Knie an den Oberkörper. Mit der Linken hielt sie sich nun am Dusch vorhang fest. Langsam zog sie sich aus dem Wasser und hatte es fast geschafft. Da rissen drei Ösen. Es hörte sich an, als platzten Einkaufstüten. Die blauen Kunststoffhaken an der Metallstange gaben ein klapperndes Geräusch von sich. Schwerfällig rauschte der Plastikvorhang mit den bunten Fischen, bevor das herabhängende Ende im Wasser versank. Ella fühlte einen Anflug von Panik. Zu rufen würde ihr nichts nützen. Wer könnte sie hören? Im vorderen Teil der Wohnung übertönte der Fernseher jedes Geräusch. Und im Bad hatte sie das Radio ordentlich aufgedreht. An Fingern und Zehen war ihre Haut schon ganz faltig. Vielleicht wäre es leichter aufzustehen, wenn das Wasser abgelaufen war. Sie zog den Stöpsel. Aber die Wanne war noch immer zu glatt. Von dem Schaumbad hatte sie wohl zu viel genommen. Ihr Blick fiel auf die Handtücher. Weit lehnte sie sich aus der Wanne und konnte eines von der Stange ziehen. Sie breitete das Frotteetuch neben sich längs auf dem Boden aus, ging mit dem Oberköper in die Kurve und schob es sich unter den Po. Dann wiederholte sie die Prozedur auf rechts. Sie stellte beide Füße darauf und stemmte sich nun tatsächlich in die Höhe.

Etwas steif, aber erleichtert kletterte sie aus der Wanne und schaltete das Radio aus. Hastig trocknete sie sich ab, schlüpfte in den Bademantel und flüchtete aus dem Bad. Auf dem Weg ins Schlafzimmer hob sie noch einmal den Telefonhörer ab. Kein Ton. Ein Fall für die Störungsstelle.

Sie würde die Nachbarin bitten müssen, dort für sie anzurufen.

Im Schrank kramte sie nach einem frischen Nachthemd. Ihre Wahl fiel auf ein riesiges Sleep-Shirt mit farbigen Tupfen, das sie vor Jahren einmal mit Cornelia gekauft hatte. Sie könne das durchaus noch tragen, auch in ihrem Alter, hatte die Verkäuferin mit einem aufmunternden Lächeln versichert. Das war nun auch schon einige Jahre her.

Sie zog das Nachthemd über und wickelte sich wieder in den Bademantel ein. Dann griff sie sich das Federbett, knautschte es zusammen und schob sich damit vorsichtig durch die Tür über den Flur ins Wohnzimmer. Auf dem Sofa kroch sie unter das warme Plumeau. Inzwischen war es halb acht. Gleich fing die Serie an, von der sie bis dahin keine Folge verpasst hatte. Was hätte sie sonst schon tun sollen.

Frauentag

Eine undefinierbare Mischung aus Duschbädern, Körperlotion und Äpfeln lag in der Luft. Friedrich hob den Kopf ein wenig, schnupperte und überließ sich den Gerüchen, während Hilda auf die Ablagen und Haken zusteuerte. Sie verstaute den Kulturbeutel und die Lektüre für die nächsten Stunden in einem der offenen Holzfächer. Es war wenig los. Vermutlich lag es daran, dass sie am Nachmittag gekommen waren.

Die beiden Flügel der Tür, die zu den Duschen führte, schwangen zurück und noch einmal hin und her, bis sie wieder ruhig in den Angeln hingen – wie die Türen eines Saloons kurz bevor im Italo-Western die große Schießerei losgeht, dachte sie. Unter der Dusche waren sie allein und machten sich einen Spaß daraus, alle Brausen auf einmal anzustellen. Der Raum dampfte. Vollkommen in die Geräusche des Wassers versunken schloss Friedrich die Augen. Auf seiner Haut prasselte es. Wenn das Wasser versiegte, platschten die letzten Tropfen schwer auf die Bodenfliesen. Wieder drückte Hilda alle Brauseknöpfe. Und sofort erneuerte sich der Klangraum. Er hörte Hilda träge neben sich seufzen.

Als sie aus dem Duschraum traten, war es fast kühl. Da fiel ihr ein, dass sie die Handtücher in der Umkleide vergessen hatte. Übermütig flüsterte sie ihm zu, „wart' auf mich!". Er war gleich hinter der Tür stehen geblieben, lauschte und stand einfach so da, ohne sich zu bewegen. Die Stille, die nach dem Verstummen der Gespräche einsetzte, kannte er inzwischen. Seine Ahnung trog ihn nie, wenn sich etwas zusammenbraute.

Tatsächlich warfen die Frauen in ihren offenen Bademänteln von den Liegen aus ungehaltene Blicke in Richtung des triefenden Nackten, der merkwürdig verloren, beinahe abwesend wirkte. Unverhohlen aggressiv musterten sie seine Begleiterin, als die mit den Handtüchern erschien. Resolut griff Hilda nach seiner Hand und setzte sich rasch in Bewegung. Er folgte ihr im Schlepptau, wie ein kleiner Junge, den Arm ausgestreckt und den Kopf leicht zur Seite geneigt, als wollte er sich noch einmal umsehen.

Ganz oben in der hintersten Ecke nahmen sie Platz. Friedrich hatte sich das weiße Badetuch locker um die Hüften gelegt. Er saß da, den Oberkörper weit nach vorn gebeugt. Das dichte Haar fiel ihm in kleinen Löckchen ins Gesicht. Es roch zart nach Zitrone, Thymian und Minze. Jeden Augenblick wurde die Tür aufgedrückt. Und mit jedem Luftzug schlüpfte leise jemand herein. Die Kabine füllte sich. Niemand verließ den Raum. Gedämpfte Stimmen schwirrten durcheinander. Inzwischen kochten die Steine. Die Hitze stieg nach oben. Während Friedrich allmählich ins Schwitzen kam, musste er an leuchtende Farben denken – ein gleißendes Gelb, ein blutiges Rot vor allem. Die Farben blieben, auch wenn er die Augen öffnete.

Im diffusen Licht der indirekten Beleuchtung wurde sie zum Augentier. Sie ließ ihren Blick wandern und nahm Witterung auf. Bald hatte sie die Gestalt mit dem leuchtendweißen Tuch wiederentdeckt. Augenblicklich fühlte sie sich unbehaglich. Ihre Augen suchten nach Verbündeten, fanden aber keine. Zu wenig Licht! Da brach sie in das Gemurmel ein:

"Und was machen S i e hier?"

Eine Antwort hatte sie nicht ernstlich erwartet.

„Sie sind hier falsch! Das ist die Frauensauna. Wie jeden Mittwoch ist heute Frauentag", tönte es laut.

Zuletzt war die Stimme ein wenig umgekippt, überge-schnappt. Den „Frauentag" hatte sie fast gebellt. Als müsse eine Bastion verteidigt werden, die ganz schnell wieder verloren gehen könnte. In der peinlichen Stille, die nun eintrat, konnte Friedrich die versammelten Leiber gerade-zu hören. Als ob sie ein Echo aussandten. Fast hätte er die Hand gehoben, um sich zu schützen, so deutlich nahm er die Körper und die Missbilligung, die sie gegen ihn richte-ten, wahr. Es war eine Art massiver Anwesenheit, eine unbestimmte Dichte, eine Spannung, die er zuletzt sogar auf der Gesichtshaut zu spüren glaubte. Friedrich tastete unwillkürlich nach dem Badetuch und wandte sich mit einem unbeholfenen Lächeln in die Richtung, aus der die Zurechtweisung gekommen war. Er wollte gerade zu einer Entschuldigung ansetzen, da kam ihm Hilda zuvor:

„Keine Angst, mein Mann ist blind. Er kann sie nicht se-hen."

Hatte hier jemand Angst? Wovor? Betrachtet zu werden? Oder ging es mal wieder ums Prinzip? Alle schwiegen. Die Feindseligkeit, die eben noch kompakt wie eine Wand auf ihn zugerollt war, änderte Aggregatszustand und Richtung. Sie zerstob in widerwillige Scham und scheue Verlegenheit und traf sie alle. Die Frau, die den falschen Blick und den falschen Körper in die Flucht schlagen wollte, tat so, als sei nichts geschehen. Angestrengt vermied sie es, zu ihm hinüber zu schauen. Vermutlich würde sie jetzt die Augen schließen, dachte er. Jedes Kind glaubt, dass man unsichtbar wird, sobald man die Augen schließt. Nichts sehen und nicht gesehen werden, ist dasselbe. Aber er wusste Bescheid.

„Lass' uns verschwinden", flüsterte er Hilda ins Ohr. Doch die machte keine Anstalten sich zu erheben. Zu spät. Da war schon die Badefrau, den Zuber mit dem Holzlöffel in die Hüfte gestemmt, um den Aufguss zu bereiten.

„Orange mit Basilikum für die Damen." Wie jeden Mittwoch.

Sprechende Steine

Nur der Stein stand noch da. Schief, schmutzig, der Name der Großmutter, das Jahr ihrer Geburt und ihres Todes darauf verwittert, aber doch zu lesen. Deutlich frischer die Namen der Eltern. Die Grabeinfassung war entfernt worden. Der Boden hatte sich gesenkt. Dort, wo sich die verwahrloste Grabstelle befunden haben musste, hatte die Friedhofsverwaltung Rasen ausgesät, damit der Unterschied zu den sorgsam gepflegten Gräbern rundherum nicht so auffiel. Die ganze Zeit, als Cornelia Besseres zu tun gehabt hatte als auf den Friedhof zu gehen, hatte der Stein an seinem Platz gestanden, selbstverständlich, seelenruhig, geduldig - ein Fragment der Familie.

Außer ihr und dem Stein war nichts geblieben. Alle tot, die Wohnung längst aufgelöst. Immerhin, den Stein und das bisschen Grün davor konnte ihr niemand streitig machen. Es war der einzige Grund und Boden, den sie jemals gepachtet hatte. Niemals würde sie das aufgeben. Hätte es nicht angefangen zu regnen, sie hätte sich auf dem Rasen niedergelassen.

„Jeder Familienroman ist eine Geschichte in Fortsetzungen, auch der unsere", dachte sie. Sie erinnerte sich an die Gespräche der Erwachsenen aus Kindertagen: Die Alten hätten sich geweigert zu gehen. Sie hätten einfach bleiben müssen, denn sie hätten es nicht über sich gebracht, die Gräber im Stich zu lassen.

In der Nähe der Toten auszuharren und ihre Gräber zu pflegen – schon früh hatte das Kind das richtige und das falsche Gewicht des alten Lebens geahnt. Das hielt einen in der Heimat, sicher und fest für alle Zeiten. Aber es drückte einen auch nieder. Mit einem Anflug von Enttäuschung hatte Cornelia erfahren, dass die Eltern und die Großmutter sich davon losgesagt hatten. Oder es war ihnen gelungen, zu entkommen und sich von einer Last zu befreien, aus Gründen, die sie gern erklärt bekommen hätte. Nur so viel war klar: Lieber als am vertrauten Ort zu bleiben, der ihnen fremd geworden war, wollten sie in der Fremde das Leben neu beginnen und an das Verlorene anknüpfen. Die Trauer um ihre Leute nahmen sie mit, zusammen mit den alten „Wir hatten" und „Wir waren"-Geschichten, mit den deutschen Kochbüchern aus der Kriegszeit, der zerschlissenen Bettwäsche, der Agfa Box-Camera und den schweren Federbetten, die ihnen zuletzt gestohlen wurden. Was sich die Familie erzählte und kein anderer zu hören bekam, kannte das Kind bald auswendig. Daraus hatte Cornelia gelernt fürs Leben, zum Beispiel dies: Niemals und unter keinen Umständen Kissen und Plumeaus wegzuwerfen! Das war eine ihrer Schrullen und sowas wie ein elftes Gebot. Auf den Verrat stand die Strafe des schlechten Gewissens.

Nur mit dem Deutschen war es genau anders herum!

Die Kleine sprach schlecht, ein ganz hartes Oberschlesisch. So redete die Großmutter mit der Enkelin. Unmöglich! Schließlich hatte es das Kind doch geschafft, in Deutschland geboren zu werden. Schönsprechen lernen sollte Cornelia also: ein makelloses, unkenntliches Deutsch, das zu keiner Landschaft passte. Bis niemand zu sagen gewusst hätte, woher sie eigentlich stammte. Die Großmutter verriet die Herkunft, sobald sie den Mund aufmachte. Für sie schämte sich das Schulkind immer ein bisschen und schämte sich d a f ü r sofort ein zweites Mal.

Immer leise sprechen - lieber flüstern - nur nicht laut werden! Draußen, auf der Straße, beim Einkaufen oder in der Straßenbahn, senkten die Erwachsenen anfangs die Stimme. Man hörte sofort, dass sie nicht von HIER waren – Habenichtse, Flüchtlinge, Saupreißen, Polacken eben. Drüben waren sie Jahre lang die verhassten Deutschen gewesen.

Trau, schau wem!

Feind hört mit!

Deutsch sprechen verboten!

Pssst!

Das Raunen war ihnen in Fleisch und Blut übergegangen. Ein Leben in zwei Diktaturen, 26 Jahre lang, gedämpft auf Zimmerlautstärke. Jetzt waren sie die ungebetenen Gäste, halbe Ausländer unter mürrischen Eingesessenen. Die fühlten sich gestört in ihrem kleinen Wohlstand und in ihrem neuen Selbstbewusstsein. Der große Treck der Flüchtlinge war längst durch. Diese Nachhut erinnerte sie zur Unzeit an den Krieg und daran, dass es jemanden gab, der länger dafür hatte bezahlen müssen als sie.

Den Zugereisten fehlten die alten Familienfotos auf der Kommode und das gute Geschirr im Schrank. Lange fehlten ihnen auch Kommode und Schrank. Das Behäbige, das Selbstgewisse ging ihnen ab. Leicht waren sie zu erkennen: zehn Meter gegen den Wind, ohne dass ein Wort gewechselt worden wäre. Ein Kinderspiel.

„Was wollt ihr HIER, wo kein Pfeffer wächst? Geht doch zurück, wo ihr hergekommen seid", so tönte es ihnen manchmal entgegen.

Was sie kenntlich machte, wenn sie schwiegen, blieb ihnen selbst ein Rätsel.

Nach der Ausreise hatten sie fast ein ganzes Jahr i m L a – g e r zugebracht, genaugenommen waren es drei Lager gewesen. Zuletzt teilten sich zwei Familien ein großes Zimmer. Darin schützten die Decken auf der Wäscheleine vor fremden Blicken, aber nicht vor den Stimmen am Tag und den Geräuschen der Nacht. In dieser Zeit wurde Cornelia geboren. Das Baby war ein Glück. Endlich gab es eine eigene Wohnung, zwei Zimmer und ein halbes auf den Hof hinaus, eigentlich eine Kammer mit Fenster, dazu Küche, Bad, Kohlenkeller. Sogar ein kleiner Balkon war dabei und Blumenkästen für die Geranien. Mitten im Winter durften sie einziehen in den Wohnblock im Neubaugebiet, die Spätaussiedler, zusammen mit den neuen Flüchtlingen aus Ungarn und aus der „Zone". Da war das Treppenhaus noch nicht fertig, und die Kohleöfen hatte man gerade erst aufgestellt. Aber die neuen Mieter hatten es eilig. Sie wollten endlich die Tür hinter sich schließen und ankommen in der SCHÖNEN BUNDESREPUBLIK.

1968 und die Folgen

Tanzkurs, 1968

Dem Elend abendlicher
Passivität begegnet s i e
Durch Anmeldung zum
Paartanz in Gesellschaft

Talentfrei aber folgsam
Schlurft e r über das Parkett
Anstatt zu schleifen
Oder gar den Schritt zu bürsten.

Der Streit ist unvermeidlich:
S i e will geschoben
Nicht gepresst sein
Das filigrane
Machtgefüge ist erschüttert:
E r ist's gewohnt dass
s i e ihn heimlich führt

Nach Monaten und
Manchem Fehltritt
Erwacht sein Ehrgeiz
Sobald es etwas zu erwerben gilt
Begeistert will er siegen

Nicht Bronze oder Silber
Das gold'ne Tanzabzeichen soll es sein
Mit dem Vergnügen ist es nun vorbei
Es wird geübt bis
Alle Hühneraugen glühn.

Sexuelle Revolution, 1968

Es gab eine Zeit,
Da war jeder Sex guter Sex. Klar!
Es gab auch schlechten Sex und traurigen Sex
Und Mitleids-Sex und Selber-Sex
Und natürlich gar keinen Sex.
Guter Sex war besser als schlechter Sex.
Schlechter Sex war allemal besser als gar kein Sex.
Selber-Sex war besser als gar kein Sex.
Trauriger Sex war wie schlechter Sex, nur trauriger.
Mitleids-Sex konnte noch werden und
war nicht unbedingt schlechter Sex.
Alles war besser als gar kein Sex,
Glaubte sie ein halbes Leben lang.
Daran erinnert sie sich dunkel,
Als sie heute 75 wird.

Hollywoodschaukel, 1968

Mit Streifen oder wild geblümt
Als Filmrequisit berühmt
Schabracken waren ein Muss
Die Fransen extra Luxus
Stand sie in Gärten, auf Terrassen
Doch schieden sich die Klassen
Der Haus- und Grundbesitzer
Und der kleinen Mieter
Drei-Zimmer-Küche-Bad-Balkon
Begnügte sich mit Campingstuhl und Schirm gegen die
Sonn'
Hier konnte man nur träumen
Vom Nichtstun unter Bäumen
Vom Leben auf der Faultierfarm
Mondän, mit Charme - und ohne Lebertran.

Heut ist dein Glückstag

Heut ist dein Glückstag

Glück ist schon, wenn nichts passiert
Du liegst im Bett und sagst dir:
Keine Post vom Amt
Der Mann mal guter Laune
Das Geld reicht bis zum Ersten.

Alles ist bestens
Wunschloses Unglück?
Glückliche Wunschlosigkeit!
Die Probleme fangen an
Sobald man das Haus verlässt.

Glücksspiel-Junkie

Bring mir Glück Fortuna sechs
Richtige plus Superzahl
Oder fünf plus zwei
Dem guten Europäer!

Ich, die Niete, der Looser,
Kauf jede Woche
Mega-Money-Rubbellose
Geh ins Casino
Setze auf das falsche Pferd.

Bring mir heut Glück Fortuna
Nach dem Gesetz des Zufalls!
Denn sonst bin ich der Nächste
Der einen überfällt. Die
Chancen stehen eins zu eins.

Maluskarte

Sie haben alle
Bonuspunkte aufgebraucht
Säuselt die Stimme
DIe nicht mehr Alexa heißt
Sondern neuerdings Chen Lu
Fräulein „Morgentau"

Im großen Buch des Wohlverhaltens
Schreiben Sie rote Zahlen
Aus die Maus vom bessren Leben
Wenn kein Wunder geschieht
Ihre Zukunft schmilzt dahin
Noch zehn kleine Vergehen
Oder fünf Große

Dann gibt es nichts geschenkt
Dann ist es vorbei
Mit dem schönen Traum
Von der größeren Wohnung
Einer besseren Arbeit
Dem Studienplatz der Tochter

Kooperation bitte!
Andernfalls bleibt nur
Die Klasse der Deklassierten
Ihre Sammelleidenschaft
zahlt sich an dieser Stelle
Überhaupt nicht aus.

Gefühlsware von der Stange

Für echt und wichtig
Halten wir unsre Gefühle
Von denen etliche
Erst im Konsum sich einstelln
Stark nachgefragt sind
Intensive Emotionen aller Art
Das Angebot ist
Grenzenlos und doch
Bei Licht besehen dürftig
Mit „Gänsehaut" beginnt's und endet es.

Unmögliche Liebe

Sie spürte seine Augen
Auf ihrem Körper ruhen.
Und fühlte sich gesehen wie
Zuletzt vor einer halben Ewigkeit.
Gut vergraben meldet sich
Das Begehren und zugleich die Scham.
Was halten die anderen
Von dieser Mésalliance?
Egal!
Mach dich zum Affen
Gib lieber die unwürdige Alte
Als in Würde einsam zu sein.

Flügelwesen

Harpyie

Er geht geblendet gegen eine rote Sonne
Als plötzlich die Gestalt sich vor ihm zeigt.
Sie wirft ihr Netz aus Schatten aus
Ihr Zischen klingt, als spreche sie zu ihm.
Dann wieder hört er nur das Echo seiner Worte.

Der Weg führt steil hinauf
Darunter liegt tiefgrün die ungefasste Tiefe
Die letzten Strahlen schießen durch die Bäume
Bis sie die Dämm'rung wie eine stummer Schlund umfängt.

„Uns gibt der Zufall das Beste", flüstert die Frau.
Pfeilschnell nimmt sie die Stufen einer alten Mauer.
Lax beugt sie sich herab und sieht ihn an und
greift nach ihrem Schuh, der ihr vom Fuß gefallen ist.

Und während sie das Schuhwerk anstreift,
Wird ihre Ferse sichtbar und in der Mulde drüber
Der Knoten des Gelenks wie der von einer Zehe,
Angesetzt an ein geringelt' Fruchtholz,
Der blaue Nagel wie der einer Kralle.

Die Täuschung lässt ihn taumeln – über ihm so nah
die Frau scheint ebenfalls zu wanken.
Doch dann erhebt sie sich mit schwerem Flügelschlag
Mächtig triumphierend und bringt im Flug
Die Vogelkrallenfüße schimmernd unter sich.

Gemetzel im Garten

Im Schatten der Hecke
Flügelflatterschlagen und
Schrilles Getöse, Gezeter
Auf Leben und Tod – dann Stille.
Mit riesigen Krallen drückt der zierliche Jäger
Die Beute ins Gras und hackt,
Schlingt mit blutrotem Schnabel
Zurück bleiben ein paar Federn, der
Abdruck der Beute im Gras.

Göttliche Warnung

Das Äußere des Doms ist eingerüstet
Die Apsis wird gestützt von dem
Korsett aus Stahl und Holz.
Löchrige Gaze gibt den Blick frei
auf Säulen in den Farben des Zebras.
Ein Schild belehrt Passanten, Gläubige, Touristen
Attenzione caduta angeli!
Achtung! Herabfallende Engel!
Kopfüber und mit angelegten Flügeln
Taucht der Engel im furchtlosen Sprung
In die Tiefe. Das Wunder ist - soweit bekannt -
Noch niemandem zu Teil geworden.

Der Feuervogel

Und das ist die wahre Geschichte:
Gefangen am Wunderbaum
Im Garten des Zauberers
Opfert der glühende Feuervogel
Eine Feder für die Freiheit.

Zwingt die Dämonen zum Tanz
Singt sie mit seinem Lied in den Schlaf.
Dem Prinzen offenbart er das Versteck
Des Zauberers, darin er seine Seele bewahrt.

Der bricht die Macht des Bösen.
Befreit die zu Stein erstarrten Gefangenen
Und dreizehn Jungfrauen auch
Darunter die Prinzessin.

Jetzt ist das hohe Paar vereint,
Bis wenn es einst gestorben ist.
Der Märchenvogel aber macht sich dünne
Zum Vorschein kommt ein Revolutionär
Des Proletariats.

Prothesengöttin

Nicht mit dem Schulterblatt verwachsen
Macht es dem Mängelwesen, das sie ist, zu schaffen.
Etwas Verkümmertes drängt nach Entfaltung,
Wenn sie ihr schönstes Hilfsorgan justiert.
Der Körper dehnt sich aus im Raum,
Ein alter Traum wird wahr,
Beherrscht ist die Natur
Die Sache mit der Schwerkraft?
Ist erledigt!
Selbstoptimiert strebt sie nach Perfektion,
Als makellose Virtuosin in Vollendung.

Der neunte Monat des Jahres

September, eine Übertreibung

Aus dem Kleid aus Weizenähren
wächst die letzte Artischocke
Dein Mund gleicht einer grünen Erbsenschote
Dein Haar aus Kirschen, Trauben, Birnen kunstvoll hochge-
steckt
fällt üppig in die Stirn dir
Im Laubengang aus Blumenranken stehst du
Lächelnd, im goldenen Sonnenlicht des Spätsommers.

Am andern Tag steckst du im Weinfass
Gehalten von den Ranken einer Rebe
Die Rose ist verblüht
Kürbis, Wein und Wurzelwerk umgeben dein Antlitz
Reinweiße Lamellen leuchten
dein Ohr im Profil, ein Pilz
Der dir über Nacht gewachsen ist.

Die Septembernummer

September ist der Januar der Mode
Sagt Anna, wer? - Irgendwas mit Winnetou.
Das neue Jahr fängt an mit zwei Kilo Papier
Im Tabloid-Format, poliert auf Hochglanz.
Bereits an Ferragosto wird das Heft, das selig macht,
den Händlern aus der Hand gerissen.
So sorgt es an Mariä Himmelfahrt dafür,
dass eine ganze Branche abhebt.
Die Farben, Schnitte, „Styles" - der letzte Schrei
Und Accessoires mit Fetisch-Qualitäten,
Sie ziehen eine Show ab, tun dabei,
Als seien sie voraussetzungslos brandneu.
Der Sommer ist noch kaum vorbei,
betrachtet man und frau das Defilee
Der angesagten Dinge und Textilien
Für wenn sie ein Jahr älter sind.
Ein halbes Jahr hält dieser Zustand vor.
Bis sich die Mode neu erfindet im Frühling
Für den Herbst und Winter.

Indianersommer

Übergossen mit Wärme und Licht die Haut
Noch im Spätsommer, der nie enden will.
Wir trinken die Silbersonne des Morgens
Und die rote Sonne des Abends.
Wir trinken den luftigen Schatten hinterm Haus
Das satte Grün unter dem Apfelbaum
Wir trinken begierig und wünschen:
Der Vorrat soll reiche bis weit ins Jahr
Wenn der Wind um die Häuser fegt Tag und Nacht
Und der Regen in Schnee sich verwandelt
Und zurück in endloser Folge.
Wer sich dann traut, reißt die Kälte vom Pferd
Und flieht.

Wegen Corona

Heimlich, still, ganz still und leise
Sang und klanglos, stumm
Bist du - aus heiterem Himmel
Hinter die Kulissen geraten
Sitzt im dunkelsten Zimmer,
Im Souterrain des Hauses „Sonnenblick"
Seit einer kleinen Ewigkeit.
Unversehrt im Gehäuse,
Unberührbar, unantastbar.

Sechs Monate später, eine Erinnerung

Damals im März
glücklich verschlufft im Sweatshirt
Ein ewiger Sonntag
Gefeiert als längst fällige
E n t s c h l e u n i g u n g
Das Konsumieren beinah' abgeschafft
Der kleine Hamster hat sich bald beruhigt
Rotwein und Klopapier sind reichlich da

Das zieht sich!
Die Zeit hört auf zu fließen
Und wird zum Sumpf des
Bis zum Überdruss bekannten Ichs,
Mit dem du ganz alleine bist.
Es fehlt die Außenwelt,
die Störung deiner Selbstgespräche.
Der Zufall hat sich fortgemacht.

Heut lebst du, Überlebende
Auf Abstand – hungrig nach Begegnung
Ein Mondbewohner der erdabgewandten Seite
Die Haut erinnert sich an die Berührung
Der Mund an den verpönten Kuss.

Bestiarium. Fabelhafte Limericks

Täuschungsmanover

Es war ein Zebra in Hannover
Das trug n'en gestreiften Pullover
Das Outfit war heiß
Diskret in schwarz weiß
Inkognito stahl es 'nen Rover.

Neuzugang

Einst war'n die Pinguine fröhlich
Allein der Neue zeigt' sich nöhlig
Das Wasser schwippte
Die Stimmung kippte
Das Fischfutter schmeckte voll ölig.

Arabeske

Ein Ara aus Rheda-Wiedenbrück
Schlägt mit den Flügeln vor lauter Glück
Da in der Volière
Kräht SIE ordinäre
Ihren Hals ziert ein wertvolles Schmuckstück.

Halbstark

Im Wald da lebten Fuchs und Hase
Der Hase zog 'ne lange Nase
Der and're schlug roh
Dem Freund auf den Po
Sie war'n noch in der Wachstumsphase.

Reeperbahn

In Hamburg sitzt ein Schuppentier
In einer Bar nachts um halbvier
Das Frollein tanzt Stange
Dem Stinktier wird bange
Drum knurrt es nach 'nem fünften Bier.

Lob der Bausparkasse

Der Fuchs schleicht um das Eigenheim
In Reichhall und Bad Gastein
Er liebt die Provinz
Da ist er der Prinz
In Metropolen kennt ihn kein Schwein.

Französische Träumerei

Es war eine Kieler Sprotte
Die hört' auf den Namen Charlotte
Die Stimmung war grise
Sie dacht' an Paris
Und an ihren Schwarm „sans culotte".

Er hieß Waldemar (frei nach Zara Leander)

Im Solling lebte ein Vierzehnender
Vor dem Herrn ein großer Verschwender
Er hieß Waldemar
Aß gern Kaviar
Das macht' den ollen Blender behänder.

Zu Hause. Oder nicht?

Nine Eleven

Nine-Eleven ist in den USA
Die landesweite Notrufnummer für
Unglücksfälle, Mord
Und Katastrophen aller Art.
Eingerichtet nach dem Tode
Kitty Genoveses, die man
Auf offener Straße vergewaltigt,
Erstochen und beraubt hatte.
Augen- und Ohrenzeugen gab es damals viele,
Doch sie wollten nicht verwickelt werden
In eine unklare Sache
Und blieben Zaungäste.

Siebenunddreißig Jahre später
Bewiesen Terroristen einen Sinn
Für Zahlen und Symbole.
Sie wählten Nine-Eleven für den Angriff.
Fortan präsent für die Mitlebenden,
Herausgehoben aus dem Strom der Geschichte.

Wo waren wir am 11. September?
Zu Hause. Gebannt in der
Endlosschleife der Nachrichten.
Im Minutentakt flogen
die Flieger in die Türme.

Wir konnten den Blick nicht senken,
Als Menschen in die Tiefe stürzten,
Und hofften wider besseren Wissens,
Sie könnten überleben.
Das wissen wir noch ganz genau.

Das Nest

Prolog

Viel hängt vom Anfang ab
und fast alles vom Ende, ob es schließlich gut ausgeht.
Wer das trauliche Basislager aus Familie, Tradition,
Religion und Milieu nie verlassen hat, erinnert sich an
Kindheit und Jugend vorzugsweise freundlich-milde:
„Da wo ich herkomme …" oder „damals".
Wem die eigene Herkunft zu eng oder verdächtig gewor-
den ist,
schaut in die andere Richtung:
„Von wo ich weg bin …"

Bisweilen schönt das Vergehen der Zeit die Vergangenheit.
Aber nicht immer.

Fragmente

Sie erinnert sich an den abendlichen Löffel Sanostol und
daran, dass sie froh sein durfte, die Schreckenszeit des
Lebertrans nicht mehr erleben zu müssen.

Sie erinnert sich an die abgelegten Kleider, die sie auftrug
und nur anziehen konnte, wenn sie dabei die Luft anhielt,
auch wenn sie schon zig mal gewaschen worden waren.

Sie erinnert sich an die Zeit, als Camembert zu teuer war.

Sie erinnert sich an die vier Brüder, die an den Sonntagen mit ihrem Vater in dicken Skipullovern durch die Siedlung marschierten, um auf der großen Wiese ihren Drachen steigen zu lassen, und wie sie die Jungs insgeheim beneidete.

Sie erinnert sich an Himbeersirup, den sie geschickt vom Grießbrei löffelte und an die Kunst, dabei möglichst wenig Grießbrei zu essen.

Sie erinnert sich an die Frage der Großmutter, ob die neue Freundin denn auch katholisch sei.

Sie erinnert sich, dass sie nie so sein wollte wie die freche Pippi Langstrumpf, aber Annika entschieden zu brav fand.

Sie erinnert sich an die roten Punkte, die es fürs Schönschreiben gab und dass man für zehn Punkte ein Heiligenbildchen kriegte und dass sie die Heiligenbildchen nur so scheffelte.

Sie erinnert sich an alte Kriminalfilme und dass sie als Kind dachte, die Leichen würden von Leuten gespielt, die ohnehin sterben wollten.

Sie erinnert sich an Großmutters Blechkuchen mit Äpfeln und Streuseln und an Soleier.

Sie erinnert sich, dass aus der Siedlung bald niemand mehr mit ihr spielte, seitdem sie aufs Gymnasium ging.

Sie erinnert sich an die Abenteuerromane von Jack London und dass sie später unbedingt nach „Alaska" gehen wollte.

Sie erinnert sich an das Eiskonfekt, das im Kino vor dem Hauptfilm verkauft wurde und an den Gong vor dem Auf- und Abblenden des Lichts.

Sie erinnert sich an türkisfarbenen Nagellack von Mary Quandt.

Sie erinnert sich, dass sie „nach Dostojewski" eine Zeit lang keine Romane mehr lesen wollte, weil nichts an ihn herankam.

Sie erinnert sich an ihren ersten selbstgeschneiderten Maxi-Mantel mit Kapuze.

Sie erinnert sich an den „Auftrag", der erfüllt werden musste, weil sie doch die erste in der Familie war, die studierte.

Sie erinnert sich an die Stimme des Sprechers von afn.

Sie erinnert sich an die Weihnachtsbesuche daheim und dass es fast immer diesen Augenblick der Entgeisterung gab, und dass die Fremdheit lange blieb.

Sie erinnert sich, dass sie damals ins Offene wollte.

Überflüssiges

*Ein Stammtisch-Palaver der besonderen Art: Drei Baby-
boomerinnen von 67, die gerade in Rente sind, hocken im
Café und erzählen sich was. Der Kaffee ist stark, der Kuchen hervorragend und die Befindlichkeit fragil.*

Der Stammtisch der überflüssigen Frauen

Einmal im Monat, immer mittwochs, telefoniert die beste
Freundin mit der besten Freundin und dann mit der anderen besten Freundin über die Frage aller Fragen: Was un-
ternehmen wir am Freitag? Entweder gemütlich daheim
bei dir oder bei mir oder bei dir? Oder gemütlich im Café?
Diesmal also gemütlich im Café, 15:00 Uhr, auf der Empo-
re.

Ich reserviere! Und bitte pünktlich, meine Damen. Schließlich haben wir neuerdings Zeit im Überfluss.

Nichtstun am helllichten Freitagnachmittag erscheint noch
immer als purer Luxus. Wir üben uns in Ironie: Unsere
großen „K"s heißen ab sofort nicht mehr Kaffee, Karriere,
keine Kinder, sondern Kaffee, Kuchen und Cremant. Zur
Begrüßung kommt die alte Krankenschwesternfrage:

Wie geht es uns denn heute?

Prächtig!

Wir bestellen nebenbei Kaffee Crème – da weiß man wenigstens, dass er frisch gebrüht ist – Törtchen und Macarons in allen quietschbunten Farben.

Mittelprächtig. In der Straßenbahn hat mich gerade eben so ein Grünschnabel von hinten angepflaumt: Hey Boomer:in, was ist dein Haltbarkeitsdatum?

Eine Frechheit, aber immerhin politisch korrekt gegendert!

Das heißt getschendert!

Und was hast du geantwortet?

Ich dreh mich um, mustere den Halbstarken vom nicht vorhandenen Scheitel bis zur Sneaker-Sohle und geb zurück: Du weißt's vielleicht noch nicht Alter, aber die Jogginghose ist kein Schicksal!

Touché!

[Pause] Heute ist wieder so'n mieser Tag. Ich bin kaum aus dem Bett gekommen.

Das sind die Rabentage. Man denkt: Das Leben geht weiter als wär' man nie dabei gewesen. Und wenn man sich dann endlich aus dem Bett gequält hat und in den Spiegel schaut, ahnt man, wie die letzten Jahre werden dürften: Das Leben ist ein Massaker.

Zum Glück kommt gerade die Bedienung mit dem großen Tablett angerauscht. Geschäftigkeit hilft. Genüsse helfen auch. Sie bugsiert die gefüllten Tassen mit der kaffeebrauen Crema vom Tablett, legt die Gedecke auf und platziert die Tortenplatte mit den Köstlichkeiten in der Mitte des Tischs. Wir lächeln und genießen. Am Ende bleibt ein Macaron übrig. Wer die beste Geschichte erzählt, soll das knietsch-kanariengelbe Gebäck kriegen. Die Preisfrage: Und was jetzt?

Die Verwandtschaft ist einmal durchbesucht, die Wohnung entrümpelt, die Küche renoviert. Man kann schließlich nicht rumsitzen, Bingo spielen und die gesammelten Treuepunkte zählen.

Ein Haustier könnte helfen. Es diszipliniert und gibt dem Tag eine Struktur. Eine Freundin, die sich intensiv um ihren kränkelnden Mann kümmert, hat sich eine dreibeinige Katze aus dem Tierheim geholt.

Na, da lohnt sich doch die ganze Pflegerei wenigstens.

Eine Katze? Nö! Einen Hund schon eher. Schaff' dir einen süßen kleinen Hund an, eine ulkige Promenadenmischung vielleicht, und du kommst ohne Mühe mit wildfremden Leuten ins Gespräch. Und wenn der Hund mal wegläuft, hilft dir garantiert ein verständnisvoller Mann in deinem Alter beim Suchen. Und zack, schon ist der Kontakt hergestellt.

Hm, man könnt' aber auch jemanden ansprechen und einfach behaupten, der Hund sei weggelaufen. Dann täte es eine Hundeleine auch... Die kommt deutlich günstiger und das Gassi-Gehen entfällt. Der Trick funktioniert allerdings nur ein einziges Mal. Oder du musst den Stadtteil wechseln.

Du mit deiner Altstimme hast doch jahrelang im Chor gesungen. Wie wär's damit: Country-Sängerin einer Rentnerband in einer veganen Burgerbraterei im Solling oder im Sauerland. Du singst über das Abwaschwasser des Lebens, aber jetzt halt nicht fleischlastig, sondern vegan versaut.

Und als Bühnenoutfit trage ich mein T-Shirt „Not at your age!" [Nicht in deinem Alter]

Der Spruch passt für Frauen leider immer. Entweder biste zu jung oder du bist am Ende zu alt für das, was du willst. Habt ihr gewusst, dass am Theater die weiblichen Rollen noch immer wie im 18. Jahrhundert charakterisiert sind: du kannst die jugendliche Naive geben, dann die jugendliche Liebhaberin, danach die Heldin, die Mutter und die Charakterdarstellerin. Dann beginnt der steile Absturz zur komischen Alten und am Ende ist frau die unwürdige Greisin.

Aber hey, was ist heute schlecht an der unwürdigen Single-Greisin? Wir können so richtig auf die Sahne hauen, wenn wir halbwegs gesund bleiben und nicht völlig verarmen. Uns bleiben noch ein paar gute Jahre – hoffentlich. Oder nicht?

Gegen den Blues helfen Magazine wie „Rausch Revolte, Wechseljahre" oder die Klassiker der Weltliteratur oder gar nix.

Darauf einen Dujardeng, peng! Wie unsere Mütter in den 1950ern sagten.

Wir haben dann noch eine Runde Crémant der Marke „Nothing left to lose" bestellt und dazu herzhaft-pikantes Blätterteiggebäck. Das letzte Macaron haben wir heimlich an den Hund unterm Nachbartisch verfüttert.

Einzelstücke

Die Frau im Gehäuse

Gefangen | befangen | ein
Beifang seiner Einsamkeit
Sitzt sie im eisernen Käfig
Aus Mitgefühl und Pflicht
Ein statuiertes Exempel
Weiblicher Tugend
Aus Mangel an Gelegenheit.

Ein solides Verhältnis

Und dann – Funkstille,
Ein Kräftemessen im Schweigen.
Wer gibt schneller auf?

Wirf die Angel wieder aus,
Den Köder aus Lust und Schmerz!

Unwiderstehlich,
Die Geliebte am Haken
Aus Sex und Lügen.

Sie dreh'n die nächste Runde
Im Labyrinth ohne Tür.

Ophelia

Oh, oh, oh, Ophelia!
Deine lila Blaubeerlippen
Liegen glitzernd beiden Fischen.
Lässig in die Tiefe wallt dein rotes Haar.
Deine Alabasterhaut schimmert muschelweiß.
Und die Nixenaugen spiegeln nächtlich seelenruhig,
Seegrund, Tang und Blattwerk, kalt und grünlich wie Sma-
ragde
Wenn die Wasserlilie ihre Blüte längst geschlossen hat.

Da ist - nichts

Schließen Sie die Augen
Atmen Sie aus - und atmen Sie ein ...
Fühlen Sie, wie Ihre Energie Sie verlässt
Und Ihr Stresspegel steigt
Körper und Seele geraten in Disharmonie.
Öffnen Sie die Augen
Seien Sie U N A C H T S A M
Ihr Herz klopft jetzt vernehmlich
Atmen Sie aus und atmen Sie ein!
In der Ferne sehen Sie es blinken
Dieses verdammte Licht am Ende des Tunnels
Aber hier wird es einfach nicht heller.
Die Erleuchtung lässt auf sich warten?

Dann gehen Sie doch zu Ingo und
Entspannen Sie sich schneller!

ABBA ABBA CDCD

Der Herr Verleger geht in Samt und Seide
Er kämmt sich selten und rasiert sich nie …
Das Haar hängt wallend lang ihm bis zum Knie
So sitzt der Fürst in Tartan und Geschmeide.

Der ganze Mann ist eine Augenweide
Er hält sich für den Letzten einer Dynastie
Den Bart belebt das treue Filzlausvieh
Beim Schneider steht er knietief in der Kreide.

Sein Haus zieht Bücher an wie ein Magnet
„Druckkostenzuschuss" heißt das Zauberwort
Geld her, Autor! So heißt der neue Kampfsport.
Der Appetit des Mannes ist gesegnet.

Verkanntes Genie. Ein Lügen-Sonett

Die Frau Autorin frönt dem Alkohol
Schon vor dem Frühstück, das aus Coke besteht
Aus Hundefutter, Sheba Katz-Gourmet
Die Katze knabbert Schokolade mit Menthol.

Schreibt stoisch Bücher, aber lauter Schund
Die Zähne ihrer Leser werden länger
Ihr Mann, der gibt heute den Müßiggänger
Drum schlägt sie i h n und küsst lieber den Hund.

Beim Schreiben hört sie leis' Musik von Bach
Ein Auto fährt sie nur mit Schiebedach
In Jeggings geht sie Gassi mit dem Hund

Der Hund heißt Socke und ist altersschwach
Die Katze, der ein Bein fehlt, nennt sie Ungemach
Trotz der Diät ist Frauchen kugelrund.

Weihnachtsmarkt

Über das Warten

Oh Rafaelo, Rafael
Deine beiden Engel
Lümmeln frech auf dem Gesims
Lugen unter Flügelchen
Aus dem Bild heraus
Dem Betrachter mitten ins Gesicht
Warten, dass etwas passiert
Spielen Zaungast einer unsichtbaren Szene,
Indiskret begierig, eine Spur gelangweilt.
Längst sind sie berühmt, Stars des Merchandising
Becher, Dosen, Weihnachtsteller
Zieren ihre Konterfeis.
Glühwein, Punsch und Weihnachtsstollen
Kaffee, Tee und Schokolade
Schmecken alle Jahre wieder süß nach Warten
Und nach Engelszeit.

Die anderen Engel

In jenen Tagen, wenn der fahle Mond
Ein abgenagter Knochen ist
Verschwinden all' die Engel wie auf ein Kommando
Verschlafen so ihr halbes Leben
Im langen Kunstlichtwinter, der nicht enden will
Unter Schichten wärmender Textilien

Doch im Sommer krabbeln sie heraus
Aus Ärmel und Ausschnitt, zeigen sich
Auf Schultern, Oberarmen,
Dekolletés und Rücken
Die mitteilsame Haut wird Skizzenblock
Verwandelt sich in eine Trägerschicht aus Zeichen.

„Sie haben Post", rufen die Engel
In Richtung Freibad-Publikum.
Die Flügelwesen haben was zu sagen
Die Botschaft aber bleibt ein Rätsel.
Ihr Charme und Fluch liegt in der Ewigkeit
„Für immer".

Durchschaut

Der Weihnachtsmann trug einen falschen Bart
War das Misstrauen erst geschürt schien die
Familienähnlichkeit mit Herrn Horn,
dem Nachbarn aus Etage drei, frappant.
Nichts blieb länger was es schien
Falsche Verhältnisse überall
Was wäre, wenn die Eltern
gar nicht seine Eltern wären, sondern
Fremde, die nur gut Bescheid wüssten
Und verschwänden, sobald man eingeschlafen war,
um wiederzukommen, bevor man aufwachte?
Da hielt das Kind sich lieber an die Gaben.
Die gab es wirklich.

Gloria

Nach einem alten französischen Weihnachtslied

Engel haben kurze Beine
Und ihr Federkleid ist grau
Und sie lieben rote Weine
Darum sind sie schneller blau
Glo-o-o-o-o-o-o-o-o-o-o-o-o-o-o-o-o-o-ri-a in excelsis De-o

Glo-o-o-o-o-o-o-o-o-o-o-o-o-o-o-o-o-o-ri-a in excelsis De-o.

Vorweihnachtszeit

Es schneit und schneit den ganzen Tag
Geschluckt ist jegliches Geräusch
Die Welt so flauschig eingehüllt in Watte
Wird klein und heimelig.

Am Fenster sitzt reglos 'ne graue Katze
Und schaut heraus mit ihrem Sphinxen-Blick
Und lässt die Kinder, die den Schneemann
Bau'n, nicht aus den Augen.

Die alte Frau von nebenan schippt sinnlos Schnee
Er türmt sich schwer am Straßenrand.
Wie auf Kommando knipst die Abenddämmerung
Die Weihnachtsdeko in den Häusern an.

Es flimmert, funkelt, blinkt und blitzt
An Fenstern und an Türen
Sehr rot und missverständlich
Von jetzt auf gleich glaubt man sich im Milieu.

Wir stapfen durch den Schnee
Und denken, höchste Zeit nach Haus zu kommen.

Plätzchen backen

Auf dem Blech in allen Größen
Herzen, Blumen, Sterne Monde, Nikoläuse, die
Leicht brechen, weil zu groß.
Es duftet herrlich nach Gebäck.

Aber Backen von drei Kilo Mehl, das zieht sich.
Die Küche eingesaut, die Kleinste klagt schon über
Bauchweh von dem vielen rohen Teig.

Auch die Ausstechreste kommen auf das Blech.
Von Kinderhand verpappt, aufeinandergehäuft
Sehen sie aus wie Unverdauliches,
Knödel oder Hundehaufen.

Alabasterweiß schimmert die Zitrusglasur,
Rosa glänzt der Himbeerzuckerguss.
Das dicke Ende kommt noch.

Zähflüssig eingepinselt und
Bestreut mit bunten Kügelchen
Verwandeln sich die Teiggebilde
In kostbar Köstlichkeiten.

Immer wieder sonntags

Menschen am Sonntag *

Samstags in die Stadt
Aber sonntags ab ins Grüne
Für einen trägen
Sommernachmittag am See
Chillen, Schwimmen und Picknick machen
Mal verschwinden zwei im Wald
Die andern dösen oder hörn Musik
Zuletzt fahrn alle Tretboot
So verbringt ihr eure kurzen Tage
Und dann am Montag
Wieder Arbeit wieder Alltag
Wieder Woche bis
Zum nächsten Sonntag.

* *inspiriert von dem Stummfilm „Menschen am Sonntag"
(1930)*

Sonntagsblues

Zäh dehnt sich die Zeit
Vernehmlich schweigt das Zimmer
Am schwärzesten Tag der Woche
Bleibt der Single im Bett
Erspart sich den Anblick von Glück
Gelebt und zur Schau gestellt
Von anderen
Was passiert? Nichts? Nichts passiert!

Sonntags-Macho, Old School

Du hältst nichts von Sonntagsreden
Oder Sonntagsmärchen
Denn du bist kein Sonntagskind
Willst den Sonntagsbraten und
Den Sonntagszuschlag
Für die Sonntagsarbeit.
Ziehst den Sonntagsanzug aus
Gehst zur Sonntagspartie
Deines FC, neudeutsch [ef si:]
Schnauzt die Sonntagsfahrer an
Und genießt den Tag des Herrn.
Dubdidubdidubdub Dub
Ein Sonntagsspaziergang, das.

Meine Generation

Die Zeit der Automaten

An allen Bahnhöfen
Standen Personenwaagen rum
Wie Eckensteher
Während der Großen Depression.
Die Standuhren verrieten
Gegen kleines Geld
Der Laufkundschaft die Schwerkraft
Als sei sie für die
Abfahrt oder Ankunft von Belang.

Für einen Groschen später dann für zwei
Spendeten Kästchen
In kindgerechter Höh'
Kaugummikugeln hart wie Stein
Oder ein kleines Spielzeug
Es hakelte der Spalt fürs Geldstück
Der Drehknauf und die Klappe auch
Die Frage aller Fragen war
Was würde man bekommen?

Nostalgie

Es war nicht alles
Schlecht im Kapitalismus
Man glaubte an den Fortschritt
Und Fortschrltt war Konsum
Die Welt war voll mit bunten Dingen
Mit Lust verschwendet
Genossen ohne Reue

Aber die Umwelt!
Aber die Moral!
Aber die Gerechtigkeit!
Tönt sogleich der Chor der neuen Jünger
Passé zum Glück die Zeit der
Ewig Gestrigen
Versiegelt mit dem
Öko-Lack des besseren Gewissens.

Unter Eingeborenen

Die Eltern war'n
Die Eingebornen von
Trizonesien
Wir waren „Hatari!" und
Jagten mit John Wayne
Die wilden Kreaturen
„Atari" war ein Fremdwort
„Commodore" auch
Das Handy ohne alles
Passte gerade noch nach
Analogistan
Ihr aber seid die
Eingeborenen
Von Digitalien
Das kommunikative
Rauschen ist die neue Norm
Schweigen der neue Luxus.

Harzer Roller. Gesänge

Im Bauamt, Abteilung Denkmalschutz

Im grauen Zweckbau
Etage dreizehn hat
Die Elfenbeauftragte
Ihr Büro – Sprechzeit täglich
Im Vorzimmer der Dra Dra
Am drahtigen Drachen musst
Du erstmal vorbei
Bevor sie deine Märchen
Anhört, sie gar glaubt
Oder dir reinen
Wein einschenkt, aber vielleicht
Auch Rosinen in den Kopf setzt.
Dann denkst du „dies verdammte
Licht am Ende des Tunnels".
Wann kommt der Bescheid?

Hexenbesen

Buschig verwachsen
Der kuglige Donnerbusch
Hoch oben im Nadelbaum
Das filigrane Krebsgeschwür
Eine Laune der Natur
Kein Besensprung bringt dem Brautpaar Glück
Noch hält er Schadenszauber fern
Als Fluggerät taugt
Dieser Besen nicht
Flugsalbe richtet gar nichts aus
Fürs Fege-Ritual der
Junggeselln braucht's anderes
Als Hexenbesen
Der Baumgallen luftige Schwestern
Bizarr wild wuchernd beide.

Waldspaziergang

Ich aber ging in den Dornwald
Wo er am sonnigsten ist
Ich ging
Wo die Brombeeren wuchsen am Wegrand
Und wucherten zu einer Wand

Hinter dem Verhau aus Zweigen
Blättern und Früchten
In Sichtweite
Grün in Grün der Wald
Wo er am dunkelsten wird

Bläulich verschattet
Schwarz vor dem Abend
Braust der Wind in den Bäumen
Knacken vernehmlich die Zweige
Unter den Füßen des kleinsten Vogels federleicht

Es scheint ein Auto rollt heran
Ein großes Tier raschelt vernehmlich
Täuschung der Sinne
Ängstigt kaum zu zweit
Ich aber bin allein.

Harzer Engel oder Glaube und Aberglaube

Ein Engel tanzt auf einer Nadelspitze
So schwebend leicht mit Anmut und geschloss'nen Lidern
Da kommt ein zweiter Engel lautlos angeflogen.
Ein dritter drängelt sich heran und legt die Flügel an
Und gibt den beiden einen Knuff, jetzt wird es selbst für
Engel eng.
Ein vierter rauscht heran, rutscht aus,
Versucht's nochmal und fällt erneut und fliegt beleidigt
fort.
Die anderen haben bald vom Tanz genug und fragen sich
gelangweilt,
Was tun mit diesem angebroch'nen Nachmittag?

Zum Zeitvertreib woll'n sie erkunden, was es mit dieser
Nadel auf sich hat.

Das Nadelöhr steckt fest im Fels des Blocksbergs.
In einem Wutanfall hat sie ein Teufelchen hineingerammt,
Das nicht ertrug, wie Möchtegerne-Hexen mit Handarbei-
ten
Verwirklichung des Selbst und Seelenruh' erstrebten
Und als Geschäftsidee fürs Merchandising
Den Fingerhut aus Porzellan, wahlweise Zinn
Mit eig'nem Bild und Gruß vom Harz als Souvenir unter die
Leute brachten.

Auf drei greifen die Flügelwesen sich beherzt das Nähgerät
Und zieh'n es ohne Mühe aus dem Stein.

Und aus der Nadel wird ein Besen augenblicklich
Auf eine Nadelspitze passen drei von ihresgleichen,
Das ist ja nun seit heut' bekannt.
Doch wie viel' Engel passen auf den Hexenbesen?
Das weiß der Teufel ganz allein!

Drei freche Limericks

Freie Auswahl

Aus Frankfurt zog Mimi nach Zorge
Ihr Wahlspruch: isch denk nit an Morge!
Dort trifft sie den Wolf
Und dann noch den Rolf
Nachts steckt sie zwischen Baum und Borke.

Süßes Teilchen

Gesine aus Bad Lauterberg
Hat sich verguckt in den Klabauterzwerg
Nach Alkoholgenuss
Will sie 'nen Kuss
Und außerdem will sie mehr Backwerk.

Fetisch

In Elend lebte Herr Ranga
Der trug daheim nichts als 'nen Tanga
In Tiefhexenschwarz
Denn man war im Harz
Und tanzt' mit sich selber Samba.

Inhalt

Bei BoD sind von der Autorin erschienen:

Belletristik, Lyrik:

→ „Schön ist es hier! Roman", 2013.

↖ „Fortuna lächelt spröde. Neue Gebrauchslyrik", 2018.

↗ „So gut kennen wir uns auch nicht. Dreizehn Erzählungen", 2018.

→ „Flügelflatterschlagen. Neue Gebrauchslyrik 2", 2019.

Sachbuch:

→ Das ist Deutschland! Eine Landeskunde für alle, 2016.

↖ Kunst für alle! Hitlers ästhetische Diktatur, [3]2018.

↗ Total angesagt. Essays zur Kulturgeschichte, 2018.

→ Überholt und eingeholt. Essays zur Zeitgeschichte und Rezensionen fürs Radio, 2018.

↖ Freiheit und Zensur. Notizen zu Filmen der DEFA [kinozeit 1], 2018.

↗ Sperrsitz oder Parkett? Notizen zur Filmkunst in Zeiten des mobilen Kinos [kinozeit 2], 2019.

→ Silos und Krematorien. Industriefotografie bei Topf & Söhne, Erfurt, 2019.